Biblioteca minima
28

William Somerset Maugham (1874-1965) è stato uno degli scrittori più popolari e amati del Novecento. Di lui sono apparsi presso Adelphi *In villa* (1999), *La diva Julia* (2000), *Acque morte* (2001), *La luna e sei soldi* (2002), *Pioggia* (2003), *Lo scheletro nell'armadio* (2004), *Il filo del rasoio* (2005), *Il velo dipinto* (2006), *Schiavo d'amore* (2007) e *Ashenden* (2008). Dalla *Lettera*, uscito per la prima volta nel 1926, sono stati tratti ben cinque film, fra cui *Ombre malesi* di William Wyler, che nel 1941 ricevette sette candidature agli Oscar – tra le altre, quelle per il miglior film e la migliore attrice protagonista

W. Somerset Maugham

La lettera

Traduzione di Franco Salvatorelli

ADELPHI EDIZIONI

TITOLO ORIGINALE:
The Letter

In copertina: Bette Davis nel film
Ombre malesi (1940).

WWW.ADELPHI.IT

ISBN 978-88-459-2316-6

LA LETTERA

Fuori, sulla banchina, il sole batteva feroce. Un fiume di macchine, camion e bus, auto private e taxi, solcava nei due sensi la strada affollata, e tutti suonavano il clacson; i risciò si infilavano agili nella calca, i coolie ansimanti trovavano il fiato per lanciarsi grida a vicenda; coolie carichi di pesanti balle intimavano ai passanti di fare largo; venditori ambulanti proclamavano la loro merce. Singapore è luogo d'incontro di cento popoli, e si incrociavano richiami, voci roche di uomini d'ogni colore, neri tamil, gialli cinesi, bruni malesi, armeni, ebrei, bengalesi. Ma all'interno dello studio legale Ripley, Joyce & Taylor c'era un fresco piacevole; l'ambiente era buio dopo il polveroso sfolgorio della strada, e gradevolmente silenzioso dopo quel frastuono incessante. Mr Joyce sedeva nella sua stanza privata, alla scrivania, con un ventilatore elettrico puntato su di lui. Era adagiato in poltrona, i gomiti sui braccioli, e le punte delle dita tese di una mano combaciavano con le punte delle dita tese dell'altra. Il suo sguardo posava sui volumi malconci delle Raccolte di Giurisprudenza situati su un lungo scaffale dirimpetto. Sopra un armadio c'erano scatole quadrate di latta laccata, con dipinti i nomi di vari clienti.

Bussarono alla porta.

«Avanti».

Si affacciò un impiegato cinese, immacolato nell'abito di tela bianca.

«È arrivato Mr Crosbie, signore».

Parlava un bellissimo inglese, accentando con precisione ogni parola, e Mr Joyce si era meravigliato spesso dell'ampiezza del suo vocabolario. Ong Chi Seng era cantonese, e aveva studiato legge alla Gray's Inn. Stava trascorrendo un anno o due presso lo studio Ripley, Joyce & Taylor per prepararsi a esercitare in proprio. Era laborioso, servizievole, e di carattere esemplare.

«Fallo passare» disse Mr Joyce.

Si alzò a stringere la mano al visitatore e lo invitò a sedersi; cosa che egli fece, e in quella la luce lo investì. La faccia di Mr Joyce rimase in ombra. Di indole taciturna, Mr Joyce lo guardò un buon minuto senza parlare. Robert Crosbie era un omone sopra il metro e ottanta, largo di spalle e muscoloso; un piantatore di gomma indurito dal continuo andirivieni nelle piantagioni e dal gioco del tennis, il suo svago a fine giornata. Era cotto dal sole. Le mani pelose, i piedi calzati in rozzi scarponi erano enormi, e a Mr Joyce venne da pensare che un pugno di quella manona avrebbe ucciso come niente un fragile tamil. Ma negli occhi azzurri, fiduciosi e gentili, non c'era ombra di ferocia, e la faccia, con i suoi grossi lineamenti qualunque, era aperta, franca e onesta. In questo momento, però, tesa e smunta, aveva un'espressione angosciata.

«Hai l'aria di non aver dormito molto da un paio di notti in qua» disse Mr Joyce.

«Infatti».

Mr Joyce notò il vecchio cappello di feltro a larga tesa che Crosbie aveva posato sul tavolo; poi andò con lo sguardo ai suoi calzoncini cachi e alle rosse cosce pelose, alla camicia da tennis aperta sul collo, senza cravatta, e alla sudicia giacca cachi con le maniche rimboccate. Sembrava appena rientrato da una lunga camminata tra gli alberi della gomma. Mr Joyce aggrottò leggermente le sopracciglia.

«Bisogna che ti tiri un po' su. Non devi perdere la testa».

«Oh, sto benissimo».
«Hai visto tua moglie oggi?».
«No, la vedrò nel pomeriggio. È proprio una vergogna, sai, che l'abbiano arrestata».
«Credo non potessero fare altrimenti» rispose Mr Joyce col suo tono piano e sommesso.
«Pensavo che la rilasciassero dietro cauzione».
«L'accusa è molto grave».
«È odiosa. Ha fatto quello che farebbe qualunque donna perbene al posto suo. Solo che nove donne su dieci non avrebbero il coraggio. Leslie è la donna più buona del mondo. Non farebbe male a una mosca. Sono suo marito da dodici anni, accidenti, pensi che non la conosca? Dio, se mi fossi trovato quell'uomo tra le mani gli avrei torto il collo, l'avrei ucciso senza un attimo di esitazione. E tu anche».
«Mio caro, sono tutti dalla tua parte. Nessuno ha una buona parola per Hammond. La faremo assolvere. Credo che giudice e giurati entreranno in aula già decisi a emettere un verdetto di non colpevolezza».
«Che buffonata» disse Crosbie con veemenza. «In primo luogo non dovevano ar-

restarla, e poi è terribile, dopo tutto quello che ha passato, poveretta, sottoporla al travaglio di un processo. Da quando sono a Singapore non c'è stata un'anima, uomo o donna, che non mi abbia detto che il gesto di Leslie è più che giustificabile. Mi pare orribile tenerla in prigione tutte queste settimane».

«La legge è legge. Dopotutto, Leslie confessa di aver ucciso quell'uomo. È tremendo, e mi dispiace moltissimo per lei e per te».

«Io non conto niente» lo interruppe Crosbie.

«Resta il fatto che è stato commesso un omicidio, e in una comunità civile un processo è inevitabile».

«È omicidio sopprimere una bestia nociva? Gli ha sparato come avrebbe sparato a un cane rabbioso».

Mr Joyce tornò ad appoggiarsi allo schienale e di nuovo congiunse le punte delle dieci dita, formando una piccola costruzione simile allo scheletro di un tetto. Rimase un momento in silenzio.

«Mancherei al mio dovere come tuo legale» disse infine con voce calma, guardando Crosbie con i suoi tranquilli occhi bruni «se non ti dicessi che c'è un aspetto che mi preoccupa un poco. Se tua moglie avesse sparato a Hammond un colpo solo, saremmo a cavallo. Disgraziatamente gliene ha sparati sei».

«La spiegazione di Leslie è ovvia. Chiunque, in quelle circostanze, avrebbe fatto lo stesso».

«Credo di sì,» disse Mr Joyce «e naturalmente penso che la spiegazione sia molto ragionevole. Ma non giova chiudere gli occhi davanti alla realtà. È sempre un buon metodo mettersi nei panni altrui, e non posso negare che se io fossi la pubblica accusa quello è l'aspetto su cui concentrerei la mia inchiesta».

«Caro mio, questa è un'idiozia bella e buona».

Mr Joyce diede un'occhiatina all'amico, e l'ombra di un sorriso aleggiò sulle sue labbra ben disegnate. Robert Crosbie era un brav'uomo, ma a stento si poteva dirlo intelligente.

«Credo anch'io che non abbia importanza,» rispose l'avvocato «ma ho pensato fosse un punto da tener presente. Ormai l'attesa non sarà lunga, e quando tutto sarà finito ti consiglierei di fare un viaggetto da qualche parte con tua moglie e dimenticare ogni cosa. Anche se siamo praticamente sicuri di ottenere un'assoluzione, un processo del genere è stressante, e avrete bisogno tutti e due di un po' di riposo».

Per la prima volta Crosbie sorrise, e il sorriso gli cambiò faccia. Svanita la rozzezza, appariva solo la sua bontà d'animo.

«Ne avrò bisogno più io di Leslie. Lei ha retto a meraviglia. Perdio, che donnina coraggiosa».

«Sì, sono stato molto colpito dalla sua forza d'animo» disse Mr Joyce. «Non immaginavo fosse capace di tanta fermezza».

Quale suo avvocato, dopo l'arresto aveva avuto parecchi colloqui con Mrs Crosbie. Alla signora le cose erano state rese il più possibile agevoli; ma era pur sempre in carcere, in attesa di un processo per omicidio, e avrebbe ben potuto avere un cedimento di nervi. Sembrava invece sopportare serenamente la prova. Leggeva molto, faceva quel tanto di moto praticabile, e per concessione delle autorità lavorava il merletto al tombolo, che era sempre stato il passatempo delle sue lunghe ore di riposo. Mr Joyce l'aveva trovata vestita semplicemente, di un abito fresco e lindo, i capelli pettinati a puntino, le unghie ben curate. Riusciva perfino a scherzare sui pic-

coli incomodi della sua situazione. Parlava della tragedia con una tal quale disinvoltura, da far pensare a Mr Joyce che solo l'educazione la trattenesse dal trovare vagamente ridicola una situazione eminentemente seria. L'avvocato ne fu sorpreso, perché non aveva mai avvertito in lei un gran senso dell'umorismo.
La conosceva, per frequentazione intermittente, da molti anni. Quando veniva a Singapore, la signora era generalmente ospite a pranzo dai Joyce, e un paio di volte aveva passato un week-end con loro nel bungalow al mare. Sua moglie era stata a sua volta ospite di Leslie nella piantagione, per una quindicina di giorni, e aveva incontrato ripetutamente Geoffrey Hammond. Le due coppie erano, se non intime, in rapporti di amicizia, e per questo motivo Robert Crosbie si era precipitato a Singapore subito dopo la sciagura, e aveva pregato Mr Joyce di assumere personalmente la difesa della sua sventurata moglie.
Il racconto fatto a Mr Joyce nel loro primo incontro, la signora non l'aveva mai cambiato di una virgola. Si era espressa allora, poche ore dopo la tragedia, con la stessa calma distaccata di adesso. Era un

racconto coerente, la voce calma e uguale, il solo segno di agitazione un lieve rossore che le coloriva le guance nel narrare un paio di dettagli. Leslie Crosbie era l'ultima donna cui si sarebbe immaginato potesse accadere una cosa del genere. Poco più che trentenne, era una figura fragile, né alta né bassa, piuttosto graziosa che bella. Aveva polsi e caviglie delicati ed era magrissima; le ossa delle mani trasparivano sotto la pelle, insieme alle vene grandi e azzurrine. Il viso era privo di colorito, un po' olivastro, e le labbra pallide. Il colore degli occhi non si notava. I capelli, foltissimi, erano castani e lievemente ondulati; con un minimo di artificio sarebbero stati molto belli, ma non veniva in mente che Mrs Crosbie potesse voler ricorrere ad artifici di sorta. Era una donna tranquilla, gradevole, senza pretese. Di modi amabili, una certa timidezza la ostacolava nei rapporti sociali: timidezza comprensibile, perché la vita di piantagione è solitaria; ma a casa propria, e tra gente che conosceva, era al suo modo quieto una persona deliziosa. Mrs Joyce, dopo le due settimane di soggiorno dall'amica, aveva detto al marito che Leslie era un'ospite piacevolissima. C'erano in lei più qualità di

quanto la gente pensasse, e a conoscerla si restava sorpresi dall'ampiezza delle sue letture e dal suo spirito.
Era l'ultima persona al mondo capace di commettere un omicidio.
Mr Joyce accomiatò Robert Crosbie con parole rassicuranti, e di nuovo solo nella stanza sfogliò le pagine del fascicolo. Ma era un atto meccanico, perché tutti i particolari gli erano ben noti. Il caso era la sensazione del giorno, se ne parlava in tutti i club, in tutti i pranzi, da un capo all'altro della penisola, da Singapore al Penang.
I fatti narrati da Mrs Joyce erano semplici. Il marito quella sera era andato a Singapore per affari. Lei aveva cenato sola, tardi, verso le nove meno un quarto, e dopo cena si era trattenuta in salotto a lavorare al suo merletto. Il salotto si apriva sulla veranda. Nel bungalow non c'era nessuno, i domestici si erano ritirati nei loro alloggi in fondo al giardino. La sorprese udire un passo sulla ghiaia, un passo calzato di scarpa, quindi di un bianco, non di un indigeno; e non si era sentito un rumore d'automobile. Chi poteva venirla a trovare a quell'ora di notte? Qualcuno salì i pochi gradini del bungalow e, attraversata la veranda, si affacciò alla porta del sa-

lotto. In un primo momento, alla luce del lume schermato, ella non riconobbe il visitatore, che dava le spalle al buio.

«Posso entrare?».

Non riconobbe nemmeno la voce.

«Chi è?» domandò.

«Geoff Hammond».

«Sì, certo. Vieni pure».

Si alzò e gli strinse cordialmente la mano. Era un poco stupita, perché sebbene fosse un vicino (amministrava una piantagione di gomma a otto miglia circa dalla loro) né lei né Robert avevano avuto con lui, di recente, rapporti di grande intimità, e lei non lo vedeva da varie settimane. Si domandò perché avesse scelto quell'ora tarda per venirli a trovare.

«Robert è via» disse. «Ha dovuto andare a Singapore».

Forse Hammond giudicò che la sua visita richiedeva qualche spiegazione, perché disse:

«Scusami. Stasera mi sentivo un po' solo, così ho pensato di venire a vedere come state».

«Ma come sei arrivato? Non ho sentito la macchina».

«L'ho lasciata lungo la strada. Caso mai foste a letto a dormire tutti e due».

Cosa abbastanza naturale. Il piantatore si alza all'alba per fare l'appello degli operai, e poco dopo cena va a dormire volentieri. Di fatto l'auto di Hammond fu trovata l'indomani a tre o quattrocento metri dal bungalow.

Poiché Robert era via, nel salotto non c'era whisky e soda. Leslie non chiamò il boy, che probabilmente dormiva, e andò a prenderlo lei. L'ospite si mescé un bicchiere e riempì la pipa.

Geoff Hammond aveva nella colonia un gran numero di amici. Era allora vicino ai quaranta, ma sembrava ancora un ragazzo. Allo scoppio della guerra era stato tra i primi ad arruolarsi volontario, e si era portato bene; congedato dopo due anni per una ferita al ginocchio, era tornato nella Federazione Malese con una duplice medaglia al merito. Era uno dei migliori giocatori di biliardo della colonia. Un tempo gran ballerino e ottimo tennista, di ballare non era più in grado, e il suo tennis, con un ginocchio rigido, era un po' scaduto, ma egli aveva il dono della popolarità ed era universalmente benvoluto. Era alto, prestante, occhi azzurri, una bella testa nera ricciuta. Secondo i bene informati, il suo solo difetto era che gli piacevano troppo le donne; e dopo la sciagura costoro scossero la testa, giurando di aver sempre saputo che si sarebbe messo nei guai.

Quella sera egli prese a parlare con Leslie di faccende locali, delle prossime corse a Singapore, del prezzo della gomma, della sua speranza di uccidere una tigre avvistata ultimamente nei dintorni. A lei premeva terminare entro una certa data il merletto cui stava lavorando, perché voleva mandarlo alla madre come regalo di compleanno; così si rimise gli occhiali e accostò il tavolino dov'era il tombolo.

«Vorrei che non ti mettessi quegli occhialoni di corno» disse l'ospite. «Non capisco perché una bella donna come te debba fare tutto il possibile per imbruttirsi».

La frase la stupì un poco. Non aveva mai usato quel tono con lei. Pensò che la cosa migliore fosse scherzarci su.

«Sai, non ho la pretesa di essere una bellezza travolgente, e se proprio vuoi saperlo ti dirò che non m'importa un bel nulla se mi trovi brutta o no».

«Macché brutta. Ti trovo bellissima».

«Molto gentile» rispose lei, ironica. «Ma in tal caso devo pensare che ti sei un po' scimunito».

L'ospite ridacchiò. Cambiò seggiola, mettendosi accanto a lei.
«Non avrai l'impudenza di negare che hai le più belle mani del mondo» disse.
Fece per prenderne una. Leslie gli diede uno schiaffetto sulle dita.
«Non essere sciocco. Torna a sedere dov'eri e parla sensatamente, o ti rimando a casa».
Lui non si mosse.
«Sono innamorato cotto di te, non lo sai?».
«No» rispose, calma. «Non lo credo affatto, e anche se fosse vero non voglio che tu lo dica».
Tanto più la sorprendevano i discorsi di Hammond, perché nei sette anni da che si conoscevano lui non le aveva mai rivolto attenzioni particolari. Quando era tornato dalla guerra si erano visti spesso, e una volta che lui stava male Robert era andato a prenderlo in macchina e lo aveva portato da loro nel bungalow, dove era rimasto una quindicina di giorni. Ma data la diversità di interessi, la conoscenza non era mai maturata in vera amicizia. Negli ultimi due o tre anni si erano frequentati poco. Ogni tanto Hammond veniva a giocare a tennis, ogni tanto lo incontravano

alla festa di qualche piantatore, ma poi non lo vedevano per mesi interi.
L'ospite prese un altro whisky e soda. Chissà se aveva bevuto già prima, si domandò Leslie. C'era in lui un che di strano, e un po' inquietante. Lo guardò scontenta mentre si serviva.
«Se fossi in te non berrei più» disse, in tono ancora bonario.
Lui vuotò il bicchiere e lo posò.
«Credi che ti parli così perché sono ubriaco?» chiese bruscamente.
«È la spiegazione più ovvia, no?».
«È una spiegazione bugiarda. Ti amo da quando ti conosco. Ho taciuto e taciuto, e adesso devo dirtelo. Ti amo, ti amo, ti amo».
Leslie si alzò e ripose adagio il merletto.
«Buona notte» disse.
«Non sto andando via».
Alfine lei perse la pazienza.
«Ma povero sciocco, io non ho mai amato nessuno tranne Robert, dovresti saperlo, e anche se non amassi Robert tu sei l'ultimo uomo che mi interesserebbe».
«Che m'importa? Robert non c'è».
«Se non te ne vai all'istante chiamo i domestici e ti faccio buttar fuori».
«Tanto non ti sentono».
Lei adesso era esasperata. Fece per uscire

in veranda, da dove il boy di casa l'avrebbe sentita certamente, ma Hammond le afferrò un braccio.
«Lasciami!» gridò, furibonda.
«Niente affatto. Ti ho presa».
Chiamò, ma Hammond le chiuse svelto la bocca con una mano. Poi senza saper come si trovò fra le sue braccia, mentre lui la baciava appassionatamente. Lottò, rifiutando le labbra alla bocca ardente di lui.
«No, no, no... Lasciami stare. Non voglio!».
Su quanto era accaduto dopo era confusa. Ricordava esattamente ciò che si erano detti fin qui, ma poi le parole di lui le avevano assalito le orecchie in una nebbia d'orrore e di paura. Lui l'aveva implorata di amarlo, prorompendo in frasi infuocate. E frattanto la teneva nella sua stretta impetuosa, e lei impotente, perché Hammond era un uomo robusto e le inchiodava le braccia ai fianchi; invano si era dibattuta, sempre più debole; temette di svenire, e quel fiato caldo sul viso la nauseava. Le baciò la bocca, gli occhi, le guance, i capelli. Il suo abbraccio la uccideva. La sollevò da terra; cercò di difendersi a calci, ma lui non fece che stringerla di più. Ora

la stava trasportando di peso. Non parlava, ma era pallido in faccia e gli occhi ardevano di desiderio. La portava in camera da letto. Un selvaggio, non più un uomo civile. Andando inciampò in un tavolino: il ginocchio ferito lo impediva un po', e con il fardello della donna sulle braccia cadde. Leslie in un lampo si strappò da lui, corse dietro il divano. Subito Hammond si rialzò e si lanciò verso di lei. Sullo scrittoio c'era un revolver. Leslie non era una donna paurosa, ma Robert era via per tutta la notte e lei aveva pensato di portarsi l'arma in camera. Per questo il revolver si trovava là. Ormai folle di terrore, senza sapere cosa facesse, udì uno sparo. Vide Hammond barcollare, dare un grido; disse qualcosa che lei non capì. L'uomo uscì arrancando dal salotto, nella veranda. Fuori di sé, lo seguì; sì, ecco, doveva averlo seguito, anche se non ne ricordava nulla, lo seguì sparando meccanicamente, un colpo dietro l'altro, finché il caricatore fu vuoto. Hammond cadde a terra in veranda, un cencio sanguinante.
I domestici indigeni, accorsi al rumore degli spari, la trovarono ritta accanto al corpo senza vita di Hammond, con l'arma ancora in mano. Lei li guardò un attimo in

silenzio, stretti gli uni agli altri, terrorizzati. Lasciò cadere il revolver, e senza una parola si voltò, passò nel salotto e di lì in camera da letto, chiudendosi a chiave. Quelli, con gli occhi atterriti fissi sul cadavere, senza osare toccarlo, presero a parlottare eccitati tra loro. Poi il boy in capo si riprese; stava con i Crosbie da molti anni, era cinese e aveva la testa sulle spalle. Robert era partito per Singapore con la motocicletta, e l'automobile era in garage. Ordinò di tirarla fuori: dovevano andare subito a informare dell'accaduto il vicesegretario distrettuale. Raccolse il revolver e se lo mise in tasca. Il vicesegretario, di nome Withers, risiedeva alla periferia della città più vicina, a circa trentacinque miglia da lì. Lo raggiunsero in un'ora e mezza. Dormivano tutti, dovettero svegliare i boys. Subito Withers comparve, gli riferirono il fatto; il boy in capo gli mostrò il revolver, a prova di quanto diceva. L'ufficiale andò a vestirsi, mandò a prendere l'automobile, e si avviò dietro a loro per la strada deserta. Quando giunse al bungalow dei Crosbie albeggiava. Salì in fretta i gradini della veranda e si fermò di botto alla vista del corpo di Hammond a terra dov'era caduto. Gli toccò il viso. Era gelido.

«Dov'è la signora?» domandò.
Il cinese indicò la camera da letto. Withers andò alla porta e bussò. Nessuna risposta. Bussò di nuovo.
«Mrs Crosbie!» chiamò.
«Chi è?».
«Withers».
Un'altra pausa. Poi la chiave girò nella toppa e la porta si aprì lentamente. Leslie apparve sulla soglia. Non era andata a letto e vestiva l'abito da pomeriggio con cui aveva cenato. Guardò in silenzio l'ufficiale.
«Sono venuti a chiamarmi i suoi domestici. Per Hammond. Cosa è successo?».
«Ha cercato di violentarmi. Gli ho sparato».
«Dio mio. Senta, è meglio che venga qua fuori. Deve dirmi esattamente com'è andata».
«Adesso no. Non posso. Bisogna che mi dia tempo. Mandi a chiamare mio marito».
Withers era giovane, e non sapeva bene che fare in un'emergenza tanto al di fuori dell'ambito ordinario dei suoi compiti. Fino all'arrivo di Robert, Leslie non disse altro. Poi fece ai due uomini il racconto dal quale, sebbene più e più volte ripetuto, non si sarebbe scostata in seguito di una virgola.

Mr Joyce riandava continuamente al numero degli spari. Come avvocato lo sconcertava che Leslie avesse sparato non una ma sei volte; e dall'esame del cadavere risultava che quattro pallottole erano state sparate a distanza ravvicinata. Veniva quasi da pensare che, caduto Hammond a terra, lei dall'alto gli avesse scaricato addosso il revolver. Leslie confessava che la memoria, così precisa riguardo a tutto quello che era preceduto, qui le veniva meno. Vuoto assoluto. Accennava a un furore incontrollabile; ma un furore incontrollabile era l'ultima cosa che ci si sarebbe aspettati da una donna tanto tranquilla e schiva. Mr Joyce, che la conosceva da parecchi anni, l'aveva sempre giudicata una persona poco emotiva. Nelle settimane successive alla tragedia la sua calma era stata stupefacente.

Mr Joyce si strinse nelle spalle.

«Il fatto è, suppongo,» rifletté «che non si può mai dire quali istinti selvaggi si celino nella donna più rispettabile del mondo».

Bussarono alla porta.

«Avanti».

Entrò l'impiegato cinese e chiuse la porta. La chiuse adagio, cauto ma deciso, e si avvicinò alla scrivania di Mr Joyce.

«Posso disturbarla, signore, per una breve conversazione riservata?».

La cura minuziosa con cui il cinese usava esprimersi divertiva sempre un tantino Mr Joyce, che ora sorrise.

«Nessun disturbo, Chi Seng» rispose.

«La cosa di cui desidero parlarle, signore, è delicata e confidenziale».

«Di' pure».

Mr Joyce incontrò gli occhi scaltri del suo interlocutore. Ong Chi Seng era vestito, al solito, secondo l'ultima moda locale. Lucidissime scarpe di pelle e calzini fantasia; sulla cravatta nera una spilla con perla e rubino, e all'anulare della mano sinistra un anello con brillante. Dal taschino della linda giacca bianca spuntavano una stilografica e una matita automatica d'oro. D'oro era l'orologio da polso, e sul naso aveva un invisibile pince-nez. Il cinese diede un colpetto di tosse.

«Riguarda il caso Crosbie, signore».

«Sì?».

«È venuta a mia conoscenza, signore, una circostanza che sembra dare al caso un colorito diverso».

«Quale circostanza?».

«Sono venuto a sapere, signore, che esiste una lettera dell'imputata alla sventurata vittima della tragedia».

«Niente di strano. Non dubito che nel corso degli ultimi sette anni Mrs Crosbie abbia avuto spesso occasione di scrivere a Mr Hammond».

Mr Joyce stimava non poco l'intelligenza di Chi Seng, e questa risposta mirava a nascondere i suoi pensieri.

«È molto probabile, signore. Mrs Crosbie deve aver comunicato di frequente con il defunto, per invitarlo a pranzo, per esempio, o per proporre una partita di tennis. È la prima cosa cui ho pensato quando ho appreso questa notizia. La lettera, però, è stata scritta il giorno della morte di Mr Hammond».

Mr Joyce non batté ciglio. Continuò a guardare Ong Chi Seng col sorriso lievemente divertito che di regola gli aleggiava sulle labbra quando parlava con lui.

«Chi te lo ha detto?».

«Le circostanze, signore, sono state portate a mia conoscenza da un amico».

Mr Joyce si guardò dall'insistere.

«Lei ricorderà senza dubbio, signore, che Mrs Crosbie ha dichiarato di non aver avuto alcuna comunicazione col defunto per parecchie settimane prima della notte fatale».

«Hai la lettera?».

«No, signore».

«Sai cosa dice?».

«Il mio amico me ne ha data una copia. Desidera leggerla?».

«Sarà bene».

Ong Chi Seng cavò da una tasca interna un voluminoso portafoglio. Era pieno di carte, dollari di Singapore in banconote e cartine da sigarette. Dal mazzo estrasse un foglietto di taccuino e lo mise davanti a Mr Joyce. La lettera diceva:

Stanotte R. sarà via. Devo assolutamente vederti. Ti aspetto alle undici. Sono disperata, e se non vieni non rispondo delle conseguenze. Lascia la macchina sulla strada. – L.

La grafia era quella fluente e impersonale che si insegna ai cinesi nelle scuole straniere; e, così priva di carattere, faceva uno strano contrasto con quelle parole inquietanti.

«Cosa ti fa pensare che questo biglietto sia stato scritto da Mrs Crosbie?».

«Ho piena fiducia, signore, nella veracità

di chi mi ha informato» rispose Ong Chi Seng. «Del resto, è facile chiarire la questione. Mrs Crosbie sarà certamente in grado di dirle se la lettera l'ha scritta lei o no».

Dall'inizio della conversazione Mr Joyce non aveva staccato gli occhi dalla faccia rispettabile del suo impiegato. Ora si domandò se non vi scorgesse un'espressione un tantino beffarda.

«È inconcepibile che Mrs Crosbie abbia scritto una lettera simile» disse.

«Se questa è la sua opinione, signore, naturalmente la questione è chiusa. Il mio amico me ne ha parlato solo perché io lavoro presso di lei, e ha pensato che potesse interessarle conoscere l'esistenza della lettera prima che la cosa venga comunicata al viceprocuratore».

«Chi ha l'originale?» chiese bruscamente Mr Joyce.

Ong Chi Seng non diede segno di avvertire nel tono di questa domanda un mutato atteggiamento.

«Lei certo ricorderà, signore, che dopo la sua morte si scoprì che Mr Hammond aveva intrattenuto relazioni con una donna cinese. La lettera è al momento in possesso di costei».

La notizia che da parecchi mesi Hammond conviveva con una cinese era una delle cose che più avevano inasprito l'opinione pubblica contro di lui.

Per un momento nessuno dei due parlò. Tutto era stato detto; e ognuno comprendeva l'altro a perfezione.

«Ti sono obbligato, Chi Seng. Considererò la cosa».

«Benissimo, signore. Desidera che dia una comunicazione in tal senso al mio amico?».

«Credo opportuno che tu ti tenga in contatto con lui» rispose gravemente Mr Joyce.

«Sì, signore».

Il cinese uscì senza rumore dalla stanza, chiudendo di nuovo con cautela la porta; e Mr Joyce fu lasciato alle sue riflessioni. Prese a fissare la copia della lettera di Leslie, scritta in quella pulita calligrafia impersonale. Vaghi sospetti lo turbavano: tanto sconcertanti che fece uno sforzo per scacciarli dalla mente. Doveva esserci una spiegazione, semplice, della lettera, e Leslie sarebbe stata senza dubbio in grado di darla all'istante; ma, diamine, una spiegazione era necessaria. Si alzò, mise in tasca la lettera e prese il casco coloniale. Uscendo trovò Ong Chi Seng al suo tavolo, intento a scrivere.

«Vado fuori per un po', Chi Seng» disse.

«A mezzogiorno viene Mr George Reed, ha appuntamento. Se mi chiede dove può trovarla, che cosa gli dico?».

Mr Joyce gli fece un sorrisetto.

«Puoi dirgli che non ne hai la minima idea».

Ma non dubitava che Ong Chi Seng sapesse benissimo dove stava andando: al carcere. Il delitto era stato commesso nel Belanda e il processo avrebbe avuto luogo a Belanda Bharu, ma siccome là non c'erano prigioni adatte a una donna bianca Mrs Crosbie era stata portata a Singapore.

Una volta introdotta nella stanza dove l'attendeva l'avvocato, la signora gli tese la mano magra, distinta, e gli sorrise amabilmente. Era vestita, come sempre, con semplice eleganza, e i folti capelli chiari erano acconciati con cura.

«Non mi aspettavo di vederla stamane» disse, affabile.

Pareva fosse a casa sua, e Mr Joyce quasi pensò che chiamasse il boy e gli ordinasse un gin pahit per l'ospite.

«Come sta?» domandò.

«Di salute a meraviglia, grazie». Un guizzo divertito le balenò negli occhi. «Questo è un posto ideale per la cura del riposo».

La guardia si ritirò lasciandoli soli.

«Sieda, la prego» disse Leslie.

Mr Joyce prese una sedia. Non sapeva come cominciare. La signora era così tranquilla che sembrava quasi impossibile dirle ciò che era venuto a dirle. Sebbene non fosse bella, c'era nelle sue sembianze un che di leggiadro. Aveva eleganza, ma era l'eleganza della buona educazione, priva affatto degli artifici della società. Bastava guardarla per capire da che tipo di famiglia venisse e in quale ambiente fosse vissuta. La sua fragilità le dava un'impronta di singolare raffinatezza. Era impossibile associarla alla più vaga idea di volgarità.

«Nel pomeriggio verrà Robert, non vedo l'ora» disse, con quella sua voce amabile e tranquilla. (Sentirla parlare era un piacere, la voce e l'accento erano così caratteristici della sua classe). «Povero caro, è stata una brutta prova per i suoi nervi. Mi consola che tra pochi giorni sarà tutto finito».

«Ormai ne mancano solo cinque».

«Lo so. Ogni mattina al risveglio mi dico "uno di meno"». Sorrise. «Come a scuola, quando aspettavo le vacanze».

«A proposito, ho ragione nel ritenere che per parecchie settimane prima della sciagura lei non ha avuto comunicazioni di sorta con Hammond?».
«Assolutamente. L'ultima volta che ci siamo visti è stato dai MacFarren, per una partita di tennis. Non credo di avergli detto più di due parole. Sa, i MacFarren hanno due campi da gioco, e abbiamo giocato in campi diversi».
«E non gli ha scritto?».
«Oh, no».
«Ne è ben certa?».
«Certissima» rispose lei con un sorrisetto. «Non avevo motivo di scrivergli salvo per invitarlo a pranzo o a giocare a tennis, e da mesi non ho fatto né una cosa né l'altra».
«Un tempo lei con Hammond era in rapporti piuttosto amichevoli. Come mai ha smesso di invitarlo?».
Mrs Crosbie scrollò le spalle esili.
«Della gente ci si stanca. Non avevamo granché in comune. Naturalmente quando era malato abbiamo fatto per lui tutto quello che potevamo, Robert e io; ma da un anno o due stava benissimo, ed era pieno di amici e di impegni. Non sembrava ci fosse bisogno di inondarlo di inviti».

«Sicura? Questo è tutto?».

Mrs Crosbie ebbe un attimo di esitazione.

«Be', tanto vale che glielo dica. Ci era giunta voce che Hammond viveva con una cinese, e Robert non lo ha più voluto in casa. La donna l'avevo anche vista».

Mr Joyce sedeva su una sedia rigida a braccioli, e, il mento sorretto da una mano, fissava Leslie. Era una sua fantasia, o nel dire questa frase un cupo bagliore rossastro era balenato per un attimo nelle nere pupille della signora? La cosa gli fece un certo effetto. Mr Joyce si spostò sulla sedia. Congiunse la punta delle dieci dita e parlò lentamente, scegliendo le parole.

«Credo di doverle dire che esiste una lettera di sua mano a Geoff Hammond».

La osservò. Mrs Crosbie non si mosse e non cambiò colore, ma tardò alquanto a rispondere.

«In passato gli ho mandato spesso dei bigliettini per invitarlo a questo o a quello, o per pregarlo di qualche acquisto quando sapevo che andava a Singapore».

«In questa lettera gli chiede di venire da lei perché Robert è in viaggio».

«Impossibile. Non ho mai fatto niente del genere».

«Meglio che legga lei stessa».

Mr Joyce trasse di tasca la lettera e gliela passò. Lei le diede appena un'occhiata e con un sorriso sprezzante la restituì.

«Non è la mia scrittura».

«Lo so, si tratterebbe di una copia esatta dell'originale».

Ora Mrs Crosbie lesse le parole, e nel leggerle si trasformò orribilmente. Il suo viso incolore divenne verdastro, pauroso a vedersi; la carne parve dileguarsi, lasciando la pelle tesa sulle ossa; le labbra ritratte scoprirono i denti, come in una smorfia. Guardò l'avvocato con occhi che schizzavano dalle orbite. Una delirante maschera di morte.

«Che cosa significa?» mormorò.

Aveva la gola secca, le uscì solo un suono rauco. Non era più una voce umana.

«Sta a lei dirlo» rispose Mr Joyce.

«Non l'ho scritta io. Giuro che non l'ho scritta io».

«Badi bene a quello che dice. Se l'originale è di mano sua sarà inutile negare».

«Sarebbe un falso».

«Difficile dimostrarlo. Facile provare l'autenticità».

Un brivido scosse l'esile figura di Mrs Crosbie. Grosse gocce di sudore le spuntarono

sulla fronte. Prese dalla borsa un fazzoletto e si asciugò le palme delle mani. Guardò di nuovo la lettera e diede a Mr Joyce un'occhiata in tralice.
«Non è datata. Potrei averla scritta anni fa ed essermene dimenticata. Se mi dà tempo cercherò di ricordare le circostanze».
«L'ho notato, che non c'è data. Ma se questa lettera va in mano alla Procura interrogheranno a fondo i boys. Scoprirebbero presto se qualcuno ha portato una lettera a Hammond il giorno della sua morte».
Mrs Crosbie serrò convulsamente le mani e ondeggiò sulla sedia, da far temere che svenisse.
«Giuro che non ho scritto quella lettera».
Mr Joyce tacque a lungo. Aveva distolto gli occhi dal viso stravolto di lei e guardava a terra. Rifletteva.
«In queste circostanze non occorre andare oltre» disse lentamente, rompendo infine il silenzio. «Se la persona in possesso della lettera decide di consegnarla alla Procura, vuol dire che lei sarà preparata».
Sembrava dalle sue parole che non avesse altro da dirle, ma non accennò ad andarsene. Aspettò. Per molto tempo, gli parve.

Non la guardava, ma avvertiva l'assoluta e muta immobilità di Leslie. Alla fine fu lui a parlare.
«Se non ha da dirmi altro, tornerei in ufficio».
«Se qualcuno leggesse la lettera, che cosa potrebbe pensare?» chiese lei d'improvviso.
«Saprebbe che lei ha mentito deliberatamente» rispose Mr Joyce, brusco.
«Quando?».
«Lei ha dichiarato formalmente che non comunicava con Hammond da almeno tre mesi».
«Per me tutta la vicenda è stata un grosso trauma, gli eventi di quella notte tremenda sono un incubo. Non è tanto strano che un particolare mi sia sfuggito dalla memoria».
«Dato che la sua memoria ha rievocato con tanta esattezza ogni minuzia del colloquio con Hammond, sarebbe deplorevole la dimenticanza del dettaglio che Hammond venne al bungalow dietro suo espresso desiderio. Un dettaglio piuttosto importante».
«Non lo avevo dimenticato. Ma dopo quanto è accaduto ho temuto di parlarne. Ho pensato che se ammettevo che lui era

venuto per mio invito nessuno di voi avrebbe creduto alla mia storia. Penso sia stata una stupidaggine; ma avevo perso la testa, e una volta negato qualsiasi contatto con Hammond sono stata costretta a tener fermo».

A questo punto Leslie aveva ritrovato la sua mirabile compostezza, e incontrò franca lo sguardo scrutatore di Mr Joyce. Il suo garbo era disarmante.

«Le chiederanno, allora, di spiegare *perché* ha invitato Hammond da lei quando Robert era via».

Leslie volse decisa gli occhi all'avvocato; che si avvide di essersi sbagliato nel giudicarli insignificanti. Erano invece piuttosto belli, e adesso, gli parve, luccicavano di lacrime. Lei rispose con un'incrinatura nella voce.

«Era per una sorpresa che preparavo a Robert. Il mese prossimo compie gli anni. Sapevo che desiderava un fucile nuovo, e io nelle cose sportive sono talmente stupida. Volevo parlarne con Geoff, pensavo di farglielo ordinare per me».

«Forse lei non ricorda bene i termini della lettera. Vuole ridarle un'occhiata?».

«No, non occorre» disse Leslie in fretta.

«Le sembra il genere di lettera che una

donna scriverebbe a un lontano conoscente perché desidera consultarlo sull'acquisto di un fucile?».

«Credo sia esageratamente emotiva. Sa, è un mio modo di esprimermi. Sono prontissima ad ammettere che è molto sciocca». Sorrise. «E dopotutto Geoff Hammond non era un lontano conoscente. Quando era ammalato lo assistei come una madre. Gli ho chiesto di venire mentre Robert era via perché Robert non lo voleva per casa».

Mr Joyce era stanco di stare seduto da tanto tempo nella stessa posizione. Si alzò e andò un paio di volte su e giù per la stanza, scegliendo le parole che intendeva dire; poi si chinò, appoggiandosi alla spalliera della sedia, e parlò, lento e grave.

«Mrs Crosbie, voglio parlarle molto seriamente. Questo caso era di una relativa semplicità. C'era solo un punto che mi sembrava richiedere spiegazione: a quanto risulta, lei ha sparato ben quattro colpi su Hammond quando era già a terra. Era difficile immaginare che una donna delicata, impaurita e di solito padrona di sé, di indole gentile e di sentimenti raffinati, avesse ceduto a una frenesia del tutto incontrollata, ma naturalmente la cosa era possibile. Geoffrey Hammond era molto benvoluto e nel complesso anche assai stimato; tuttavia ero disposto a dimostrare che era il tipo d'uomo capace di commettere il crimine di cui lei lo accusava a giustificazione del suo atto. La scoperta postuma che Hammond conviveva con una cinese ci aveva dato un forte appiglio, privandolo della simpatia dei più. Decidemmo di sfruttare l'ostilità che una simile relazione suscitava nell'animo di tutta la gente perbene. Questa mattina ho detto a suo marito che ero certo dell'assoluzione, e non glielo ho detto solo per rincuorarlo. Credo che i giurati non si sarebbero nemmeno ritirati per deliberare».

I due si guardarono negli occhi. Mrs Crosbie era stranamente immobile. Sembrava un uccellino paralizzato dal fascino di un serpente. Mr Joyce proseguì, nello stesso tono quieto.

«Ma questa lettera ha dato al caso tutt'altro aspetto. Io sono il suo avvocato, la rappresenterò in aula. Prendo la sua storia come me la racconta, e su di essa mi baserò nella difesa. Può darsi che io creda alle sue parole, e può darsi che ne dubiti. Compito dell'avvocato è convincere la corte che le prove addotte non sono tali da giustificare un verdetto di colpevolezza; la sua opinione personale circa la colpa o l'innocenza del cliente non conta».

Lo stupì vedere negli occhi di Leslie il barlume di un sorriso. Urtato, proseguì alquanto seccamente.

«Non penserà di negare che Hammond è venuto da lei dietro suo pressante e direi isterico invito?».

Mrs Crosbie esitò un attimo, parve riflettere.

«Possono dimostrare che la lettera è stata portata al bungalow di Hammond da un boy. C'è andato in bicicletta».

«Non si illuda che gli altri siano più stupidi di lei. La lettera farà nascere sospetti che non erano venuti in mente a nessuno. Non le dirò che cosa ho pensato io personalmente quando ho visto la copia, e non voglio che lei mi dica niente salvo lo stretto necessario per salvarle il collo».

Mrs Crosbie diede un grido acuto e balzò in piedi bianca di terrore.

«Non penserà che mi impiccherebbero?».

«Se giungessero alla conclusione che Hammond lei non lo ha ucciso per legittima difesa, sarebbe dovere dei giurati emettere un verdetto di colpevolezza. L'accusa è di omicidio. Sarebbe dovere del giudice condannarla a morte».

«Ma cosa possono provare?» ansimò lei.

«Non lo so cosa possono provare. Questo lo sa lei. Io non voglio saperlo. Ma se sorgono sospetti, se fanno un'inchiesta, se interrogano gli indigeni, che cosa si scoprirà?».

A un tratto Mrs Crosbie si accasciò. Cadde a terra prima che l'avvocato potesse sorreggerla. Era svenuta. Mr Joyce cercò dell'acqua, ma nella stanza non ce n'era, e lui non voleva essere disturbato. Distese la signora sul pavimento, si inginocchiò accanto a lei e aspettò che si riprendesse. Quando riaprì gli occhi lo sgomentò la paura atroce che vi lesse.

«Stia ferma» disse. «Tra un momento starà meglio».

«Non lascerà che mi impicchino» mormorò lei.

Scoppiò in un pianto isterico, mentre l'avvocato cercava sommessamente di acquietarla.

«Per amor del cielo si calmi» disse.

«Mi dia un minuto».

C'era da stupire del suo coraggio. Con visibile sforzo riacquistò il dominio di sé, e presto tornò tranquilla.

«Ora mi faccia alzare».

Le diede la mano, la aiutò a rimettersi in piedi, e tenendola per un braccio la guidò alla sedia. Mrs Crosbie vi si abbandonò.

«Non mi parli per qualche minuto».

«Va bene».

Quando alfine lei riaprì bocca fu per dire, con un piccolo sospiro, una cosa inaspettata.

«Temo di aver combinato un gran pasticcio».

L'avvocato non rispose, e ci fu di nuovo silenzio.

«Non si può entrare in possesso della lettera?» chiese Leslie dopo un po'.

«Credo che della lettera non mi sarebbe stato detto nulla, se la persona che la possiede non fosse disposta a venderla».

«Chi l'ha in mano?».

«La cinese che viveva con Hammond». Una chiazza di colore tinse per un attimo gli zigomi di Leslie.

«Quanto ne vorrà?».

«Immagino che abbia un'idea ben chiara del suo valore. Dubito sia disposta a cederla se non per una grossa somma».

«Avvocato, lascerà che mi impicchino?».

«Crede sia tanto semplice appropriarsi di una prova a carico? Equivale alla subornazione di un testimone. Lei non ha il diritto di propormi una cosa simile».

«Allora che ne sarà di me?».

«La giustizia deve seguire il suo corso».

Mrs Crosbie sbiancò. Un brivido la scosse.

«Mi metto nelle sue mani. Non ho, naturalmente, il diritto di chiederle iniziative men che corrette».

Mr Joyce non aveva fatto i conti con la piccola incrinatura nella voce di Leslie, che l'abituale ritegno di lei rendeva intollerabilmente toccante. Lo guardava con occhi umili, e l'avvocato pensò che se respingeva il loro appello quegli occhi lo avrebbero perseguitato per il resto dei suoi giorni. Dopotutto, niente poteva riportare in vita il povero Hammond. Si domandò quale fosse in realtà la spiegazione della lettera. Non era giusto desumerne che Leslie avesse ucciso Hammond senza provocazione. Mr Joyce viveva in Oriente da molto tempo, e il suo senso dell'onore professionale era forse meno acuto di vent'anni prima. Gli occhi fissi a terra, si risolse a fare una cosa che sapeva ingiustificabile, e che non gli andava giù. Provò un sordo ri-

sentimento verso Leslie. Quando parlò fu con un certo imbarazzo.
«Non so di preciso, quali sono le condizioni finanziarie di suo marito?».
Tingendosi di un roseo rossore, Leslie gli lanciò un'occhiata.
«Ha un buon numero di azioni dello stagno, e una piccola cointeressenza in due o tre piantagioni di gomma. Suppongo che potrebbe trovare il denaro».
«Bisognerebbe dirgli a cosa serve».
Leslie rimase un momento in silenzio, a pensare.
«Lui mi ama ancora. Farebbe qualsiasi sacrificio per salvarmi. È necessario che veda la lettera?».
Mr Joyce si accigliò un poco, e lei, lesta a notarlo, proseguì.
«Robert è un suo vecchio amico. Non le chiedo di fare niente per me, le chiedo di risparmiare tutta la sofferenza possibile a un uomo semplice e buono, che non le ha mai fatto del male».
Mr Joyce non rispose. Si alzò per congedarsi e Mrs Crosbie, con la grazia che le era naturale, gli tese la mano. Il colloquio l'aveva scossa e il viso era sciupato, ma fece un coraggioso tentativo di accomiatarlo con cortesia.

«È una tale bontà da parte sua prendersi tutta questa pena per me. Non so dirle quanto le sono grata».

Mr Joyce tornò in ufficio. Si sedette nella sua stanza, senza muoversi, cercando di non lavorare, e rifletté. L'immaginazione gli suscitò molte strane idee. Rabbrividì un poco. Infine venne la discreta bussata alla porta che aspettava. Entrò Ong Chi Seng.

«Esco per pranzo, signore» disse.

«Sta bene».

«C'è qualcosa che desidera faccia prima di uscire, signore?».

«Non mi pare. Hai dato un altro appuntamento a Mr Reed?».

«Sì, signore. Verrà alle tre».

«Bene».

Ong Chi Seng si voltò, andò alla porta e mise le lunghe dita sottili sulla maniglia. Poi, come per un ripensamento, tornò a voltarsi.

«C'è niente che desidera io dica al mio amico, signore?».

«Che amico?».

«Riguardo alla lettera scritta da Mrs Crosbie a Mr Hammond, signore».

«Ah! Me n'ero scordato. Ne ho fatto cenno a Mrs Crosbie, e lei nega di avere scritto niente del genere. Si tratta evidentemente di un falso».

Mr Joyce trasse di tasca la copia e la porse a Ong Chi Seng. Il cinese la ignorò.

«In questo caso, signore, suppongo non ci siano obbiezioni se il mio amico consegna la lettera al viceprocuratore».

«Nessuna obbiezione. Ma non vedo bene quale pro ne venga al tuo amico».

«Il mio amico, signore, pensa che sia suo dovere, nell'interesse della giustizia».

«Sono l'ultima persona al mondo che contrasterebbe chi vuole fare il suo dovere, Chi Seng».

Gli occhi dell'avvocato e del cinese si incontrarono. Sulle loro labbra non aleggiava l'ombra di un sorriso, ma i due si comprendevano perfettamente.

«Capisco bene, signore,» disse Ong Chi Seng «ma dallo studio del caso Crosbie ricavo che produrre in giudizio una lettera simile sarebbe dannoso per la nostra cliente».

«Ho sempre avuto un alto concetto del tuo acume legale, Chi Seng».

«Avevo pensato, signore, che se si potesse indurre la cinese detentrice della lettera a rimetterla nelle nostre mani sarebbero tanti fastidi risparmiati».

Mr Joyce andava disegnando oziosamente delle facce sulla carta assorbente.
«Suppongo che il tuo amico sia un uomo d'affari. A quali condizioni pensi che sarebbe disposto a darci la lettera?».
«Lui non ha la lettera. Ce l'ha la cinese. Lui è solo un parente. La cinese è una donna ignorante, non sapeva il valore della lettera. Glielo ha detto il mio amico».
«E qual è il valore stabilito dal tuo amico?».
«Diecimila dollari, signore».
«Buon Dio! Dove diamine pensi che Mrs Crosbie trovi diecimila dollari? La lettera è un falso, ti dico».
Parlando alzò gli occhi su Ong Chi Seng. Questi non fu turbato dal suo scatto. Stava accanto alla scrivania, garbato, calmo e rispettoso.
«Mr Crosbie possiede un ottavo della Betong Gomma e un sesto della Selantan Gomma. Ho un amico che gli presterà il denaro sulla garanzia di questi titoli».
«Hai un'ampia cerchia di conoscenti, Chi Seng».
«Sì, signore».
«Bene, puoi dire a tutti di andarsene al diavolo. Non consiglierei mai a Mr Crosbie di pagare un centesimo più di cinque-

mila dollari per una lettera di cui è facile dare spiegazione».
«La donna cinese non desidera vendere la lettera. Il mio amico ha faticato molto a convincerla. È inutile offrirle meno della somma indicata».
Mr Joyce guardò Ong Chi Seng per tre minuti buoni. L'impiegato sopportò l'occhiuto esame senza imbarazzo. Stava a testa bassa, in atteggiamento rispettoso. Mr Joyce conosceva il suo uomo. Tipo in gamba, questo Chi Seng, pensò; chissà lui quanto ci guadagna.
«Diecimila dollari è una somma enorme».
«Mr Crosbie la pagherà certamente, per non vedere sua moglie impiccata».
Di nuovo Mr Joyce tacque. Cos'altro sapeva Chi Seng, oltre a quanto aveva detto? Doveva essere ben sicuro del fatto suo, se rifiutava a quel modo di trattare. La somma era stata stabilita perché era il massimo che Robert Crosbie poteva raccogliere, e chi gestiva l'affare lo sapeva.
«Dov'è adesso la donna cinese?».
«A casa del mio amico, signore».
«Può venire qui?».
«Penso meglio se va lei, signore. Posso accompagnarla alla casa questa sera, e le consegnerà la lettera. È una donna molto i-

gnorante, signore, e gli assegni non li comprende».

«Non pensavo di darle un assegno. Porterò banconote».

«Sarebbe solo una perdita di tempo portare meno di diecimila dollari, signore».

«Sì, capisco».

«Dopo mangiato andrò a dirlo al mio amico, signore».

«Bene. Ci vediamo stasera alle dieci, davanti al club».

«Con piacere, signore».

Fece a Mr Joyce un piccolo inchino e uscì. L'avvocato andò a pranzo anche lui, al club; e qui, come si aspettava, vide Robert Crosbie. Sedeva a una tavola affollata, e passando, in cerca di un posto, lo toccò su una spalla.

«Vorrei dirti due parole, prima che te ne vada» disse.

«Senz'altro. Fammi sapere quando ti è comodo».

Mr Joyce aveva deciso come regolarsi con Crosbie. Dopo pranzo fece una partita di bridge per dare tempo al club di vuotarsi. Non voleva, in questa circostanza, vedere l'amico in ufficio. Crosbie non tardò a venire nella sala da gioco e assisté alla fine della partita. Poi gli altri giocatori se ne

andarono per le loro varie faccende, e i due rimasero soli.
«È accaduta una cosa assai inopportuna, vecchio mio» disse Mr Joyce, in un tono che cercò di rendere il più possibile neutro. «Pare che tua moglie abbia mandato una lettera a Hammond invitandolo al bungalow la sera in cui è stato ucciso».
«Ma è impossibile!» esclamò Crosbie. «Lei ha sempre detto di non aver avuto contatti con Hammond. So di mio che non lo vedeva da un paio di mesi».
«Sta il fatto che la lettera esiste. È in possesso della cinese che viveva con Hammond. Tua moglie desiderava farti un regalo per il tuo compleanno e voleva che Hammond la aiutasse nell'acquisto. Nella concitazione seguita alla tragedia se ne è dimenticata, e avendo negato una volta di aver avuto contatti con Hammond ha temuto di dire che si era sbagliata. Condotta infelice, certamente, ma direi non innaturale».
Crosbie rimase zitto. Il suo faccione rosso esprimeva un assoluto smarrimento, e Mr Joyce fu a un tempo sollevato e irritato da tanta mancanza di comprensione. Crosbie era stupido, e con la stupidità Mr Joyce aveva poca pazienza. Ma la sua afflizione

dopo la sciagura aveva punto nel tenero il cuore dell'avvocato, e Mrs Crosbie aveva toccato la nota giusta chiedendogli di aiutarla non per lei, ma per il marito.
«Non occorre dirti che se questa lettera finisse in mano alla Procura sarebbe un bel guaio. Tua moglie ha mentito e le chiederebbero spiegazioni. Cambiano un po' le cose, se Hammond non ha violato il vostro domicilio ma è venuto a casa tua dietro invito. Sarebbe facile provocare nei giurati qualche incertezza».
Mr Joyce esitò. Si trovava ora faccia a faccia con la propria decisione. Se il momento si fosse prestato all'umorismo avrebbe sorriso all'idea di accingersi a compiere un passo tanto grave, e per un uomo che non aveva la minima idea della sua gravità. Probabilmente, sempre che si ponesse il problema, Crosbie immaginava che Mr Joyce stesse facendo quello che tutti gli avvocati fanno in via ordinaria.
«Caro Robert, tu sei non solo mio cliente ma mio amico. Credo che dobbiamo assolutamente entrare in possesso di quella lettera. Costerà molto denaro. Non fosse per questo avrei preferito non dirtene niente».
«Quanto?».

«Diecimila dollari».
«È un bel mucchio di soldi. Tra la crisi e una cosa e l'altra è più o meno tutto quello che ho».
«Puoi procurarteli subito?».
«Penso di sì. Il vecchio Charlie Meadows me li darà su garanzia delle mie azioni dello stagno e di quelle due aziende in cui ho una cointeressenza».
«Allora lo farai?».
«È assolutamente necessario?».
«Se vuoi che tua moglie sia assolta».
Crosbie diventò scarlatto. La bocca gli si sformò stranamente.
«Ma...». Non trovava le parole. La faccia adesso era paonazza. «Ma non capisco. Lei può spiegare. Non mi dirai che la giudicherebbero colpevole? Non possono impiccarla per aver tolto di mezzo una bestia nociva».
«È ovvio che non la impiccherebbero. Potrebbero condannarla per omicidio colposo. Probabilmente se la caverebbe con due o tre anni».
Crosbie balzò in piedi, il viso stravolto dall'orrore.
«Tre anni!».
Qualcosa, allora, sembrò albeggiare in quel tardo intelletto. Nell'oscurità della

sua mente scoccò un lampo di luce, e sebbene al lampo succedesse un'oscurità altrettanto profonda, esso lasciò il ricordo di una realtà forse solo intravista. Mr Joyce vide che le grosse mani rosse di Crosbie, ruvide e dure per i tanti lavori cui le aveva applicate, tremavano.

«Qual era il regalo che voleva farmi?».

«Un fucile nuovo, dice».

Il rossore di quella grande faccia si incupì ancora di più.

«Quando dev'essere pronto il denaro?».

La sua voce adesso era strana. Come se parlasse con la gola stretta da mani invisibili.

«Alle dieci di questa sera. Ho pensato che potresti portarmelo in ufficio verso le sei».

«La donna viene da te?».

«No, vado io da lei».

«Porterò i soldi. Verrò anch'io».

Mr Joyce lo guardò sorpreso.

«Pensi che ce ne sia bisogno? Secondo me sarebbe meglio se tu mi lasciassi condurre questa faccenda da solo».

«Sono soldi miei, no? Voglio venire».

Mr Joyce fece spallucce. Si alzarono e si strinsero la mano. Mr Joyce gli diede un'occhiata incuriosita.

Alle dieci si incontrarono nel club deserto.

«Tutto bene?» chiese Mr Joyce.
«Sì. Ho il denaro in tasca».
«Allora andiamo».
Scesero le scale. L'auto di Mr Joyce li aspettava nella piazza, a quell'ora silenziosa, e mentre si avvicinavano Ong Chi Seng uscì dall'ombra di una casa. Sedette accanto all'autista e lo indirizzò. Passarono davanti all'Hotel de l'Europe e giunti alla Casa del Marinaio svoltarono per Victoria Street. Qui i negozi cinesi erano ancora aperti, c'era gente in giro, e risciò, automobili e carretti animavano la strada. A un tratto l'auto si arrestò e Chi Seng si voltò verso i passeggeri.
«Penso che adesso meglio andare a piedi, signori».
Scesero, e seguirono Chi Seng che li precedeva di qualche passo. Poi questi li pregò di fermarsi.
«Loro aspettino qui, signori. Entro a parlare con il mio amico».
Entrò in una bottega aperta sulla strada, dove tre o quattro cinesi stavano dietro al bancone. Era una di quelle strane botteghe senza merci esposte, che uno si domanda cosa ci vendano. Chi Seng si rivolse a un uomo corpulento con un abito di tela bianca e un'ampia catena d'oro sul

petto; l'uomo lanciò un'occhiata fuori e diede una chiave a Chi Seng. Questi uscì, fece segno ai due in attesa e si infilò in una porta a lato della bottega. Lo seguirono e si trovarono al piede di una rampa di scale.

«Un momento, accendo un fiammifero» disse Chi Seng, sempre efficiente. «Saliamo, prego».

Fece luce con un fiammifero giapponese, ma poco dissipava l'oscurità; salirono a tastoni dietro di lui. Al primo piano Chi Seng aprì una porta con la chiave e entrando accese un becco a gas.

«Avanti, prego».

Era una stanzetta quadrata, con una finestra, e il mobilio consisteva in due bassi letti cinesi coperti da una stuoia. In un angolo c'era un grosso cesto con un'artistica serratura, e, sopra, un vassoio malandato con una pipa da oppio e una lampada. Il tenue odore acre della droga pervadeva l'ambiente. Sedettero e Ong Chi Seng offrì loro delle sigarette. Dopo un momento si aprì la porta ed entrò il cinese grasso che avevano visto dietro il bancone. Li salutò in un ottimo inglese e sedette accanto al suo connazionale.

Un garzone della bottega portò un vassoio

con tazze e teiera, e il cinese offrì loro una tazza di tè. Crosbie rifiutò. I due cinesi confabularono tra loro sottovoce; Crosbie e Mr Joyce rimasero in silenzio. Infine da fuori si udì una voce, un richiamo sommesso, e il cinese andò alla porta. La aprì, parlottò un momento e introdusse una donna. Mr Joyce la guardò. Dopo la morte di Hammond aveva sentito parlare molto di lei, ma non l'aveva mai vista. Era una donna dal personale piuttosto robusto, non giovanissima; il largo viso flemmatico era incipriato e imbellettato, e le sopracciglia erano una sottile linea nera; dava tuttavia l'impressione di una donna di carattere.
Il vestito era tra europeo e cinese, una giacchetta celeste con gonna bianca, ma ai piedi aveva pantofoline cinesi di seta. Portava al collo massicce catene d'oro, braccialetti d'oro ai polsi, orecchini d'oro, e nei capelli neri spille d'oro di laborioso disegno. Entrò lentamente, con l'aria di una donna sicura di sé, ma con una certa pesantezza nel passo, e sedette sul letto accanto a Ong Chi Seng. Questi le disse qualcosa e lei annuendo diede un'occhiata priva di curiosità ai due bianchi.
«Ha la lettera?» domandò Mr Joyce a Chi Seng.

«Sì, signore».
Crosbie non disse niente, ma tirò fuori un rotolo di banconote da cinquecento dollari. Ne contò venti e le diede allo stesso Chi Seng.
«Vuoi vedere se è giusto?».
L'impiegato le contò e le passò al cinese grasso.
«Giustissimo, signore».
Il cinese le ricontò un'altra volta e le mise in tasca. Poi parlò alla donna e lei cavò dal seno una lettera. La diede a Chi Seng, che vi gettò gli occhi.
«È il documento in questione, signore» disse, e stava per consegnare la lettera a Mr Joyce quando Crosbie gliela tolse di mano.
«Vorrei darle un'occhiata» disse.
Mr Joyce aspettò che leggesse, poi fece per prenderla.
«Meglio che tu la dia a me».
Crosbie la piegò con cura e se la mise in tasca.
«No, la tengo io. Mi è costata abbastanza».
Mr Joyce non replicò. I tre cinesi avevano osservato il piccolo scambio, ma cosa ne pensassero, o se pensassero qualcosa, non era dato capirlo dai loro volti impassibili. Mr Joyce si alzò.

«Per questa sera ha ancora bisogno di me, signore?» chiese Ong Chi Seng.
«No». Mr Joyce sapeva che egli desiderava trattenersi per riscuotere la parte convenuta del denaro, e si volse a Crosbie. «Andiamo?».
Crosbie non rispose, ma si alzò. Il cinese andò a aprire la porta. Chi Seng trovò un mozzicone di candela e insieme all'altro li accompagnò da basso. La donna era rimasta seduta tranquillamente sul letto a fumare una sigaretta. Giunti in strada, i cinesi li lasciarono e tornarono di sopra.
«Cosa vuoi farne della lettera?».
«Tenerla».
Arrivarono all'automobile e Mr Joyce offrì all'amico un passaggio. Crosbie scosse la testa.
«Mi va di camminare». Esitò un poco, strusciando i piedi. «La sera della morte di Hammond andai a Singapore anche per comprare un fucile nuovo da un tale che conoscevo. Buonanotte».
Disparve rapidamente nell'oscurità.
Mr Joyce non si era sbagliato riguardo al processo. I giurati entrarono in aula già risoluti ad assolvere. Mrs Crosbie depose raccontando semplicemente e francamente la sua storia. Il viceprocuratore era un

uomo mite, ed era chiaro che non traeva gran piacere dal suo compito; fece le domande necessarie in tono di scusa, e la sua arringa non avrebbe sfigurato in bocca al difensore. I giurati impiegarono cinque minuti a emettere il verdetto, e non fu possibile impedire la tempesta di applausi con cui esso fu accolto dalla folla che gremiva l'aula. Il giudice si congratulò con Mrs Crosbie, ed essa fu libera.

Nessuno, nel riprovare la condotta di Hammond, si era espresso con maggiore veemenza di Mrs Joyce. Era una donna fedele agli amici, e aveva insistito perché dopo il processo (del cui risultato non dubitava, come tutti) i Crosbie andassero ospiti da lei finché non si fossero organizzati per fare un viaggio. Era fuori questione che la povera, cara, coraggiosa Leslie tornasse nel bungalow dove si era svolta l'orribile tragedia. Il processo era terminato a mezzogiorno e mezza, e quando i Crosbie giunsero a casa dei Joyce trovarono ad aspettarli un pranzo sontuoso. I cocktail erano pronti; il prelibato cocktail di Mrs Joyce era famoso in tutti gli Stati malesi, e Mrs Joyce brindò alla salute di Leslie. Donna ciarliera e vivace, Mrs Joyce era al settimo cielo. Per fortuna, perché gli altri erano taciturni. Lei non se ne meravigliò: suo marito non parlava mai molto, e i due Crosbie erano ovviamente esausti dopo lo stress cui erano stati sottoposti così a lungo. Durante il pranzo la signora condusse un brillante monologo. Poi fu servito il caffè.

«Adesso, ragazzi,» disse col suo piglio allegro e impetuoso «dovete riposare, e dopo il tè vi porterò in gita al mare».

Mr Joyce, che solo per eccezione pranzava a casa, doveva naturalmente tornare in ufficio.

«Purtroppo non posso venire, Mrs Joyce» disse Crosbie. «Bisogna che rientri subito alla piantagione».

«Non oggi!» esclamò lei.

«Sì, subito. L'ho trascurata per troppo tempo e ho affari urgenti. Ma le sarò molto grato se ospiterà Leslie finché avremo deciso cosa fare».

Mrs Joyce stava per protestare, ma suo marito glielo impedì.

«Se deve andare deve andare, punto e basta».

Qualcosa nel tono dell'avvocato la spinse a guardarlo in fretta negli occhi. Tacque e ci fu un momento di silenzio. Poi Crosbie riprese.

«Se mi perdonate parto subito, così potrò arrivare prima che faccia buio». Si alzò da tavola. «Vieni a salutarmi, Leslie?».

«Certo».

Uscirono insieme dalla sala da pranzo.

«Mi pare una storditaggine» disse Mrs Joyce. «Dovrebbe sapere che in questo momento Leslie ha bisogno di stare con lui».

«Sono sicuro che non andrebbe se non fosse assolutamente necessario».

«Be', vado a controllare che la camera di Leslie sia pronta. Ha bisogno di completo riposo, capirai, e poi di svagarsi».

Uscì, e suo marito tornò a sedersi. Poco dopo udì Crosbie avviare la motocicletta e sgommare rumorosamente sulla ghiaia del vialetto. Si alzò e andò in salotto. Leslie era in piedi in mezzo alla stanza, lo sguardo perso nel vuoto, e in mano aveva una lettera aperta. Mr Joyce la riconobbe. Al suo arrivo lei gli lanciò un'occhiata. Era mortalmente pallida.

«Robert sa» mormorò.

Mr Joyce si avvicinò e le prese la lettera di mano. Accese un fiammifero e diede fuoco alla carta. Leslie la guardò bruciare. Quando non poté più tenerla l'avvocato la lasciò cadere sulle piastrelle del pavimento, e entrambi la guardarono arricciarsi e annerire. Poi col piede lui calpestò la cenere.

«Che cosa sa?».

Leslie gli diede un lungo, lungo sguardo, e nei suoi occhi apparve una strana espressione. Di disprezzo, di disperazione? Mr Joyce non avrebbe saputo dirlo.

«Sa che Geoff era il mio amante».

L'avvocato non fece un movimento e non emise un suono.

«È stato il mio amante per anni. Diventammo amanti quasi subito dopo il suo ritorno dalla guerra. Sapevamo di dover stare molto attenti. Io finsi a un certo punto di averlo preso a noia, e lui veniva di rado al bungalow quando c'era Robert. Andavo in macchina in un posto che conoscevamo e là lui mi incontrava, due o tre volte a settimana. Quando Robert andava a Singapore veniva da me tardi, dopo che i boys si erano ritirati per la notte. Ci vedevamo regolarmente, sempre, e nessuno aveva il minimo sospetto. E poi ultimamente, un anno fa, lui cominciò a cambiare. Non capivo cosa fosse successo. Mi pareva impossibile che di me non gli importasse più. Lui negava, negava. Ero sconvolta. Gli facevo scenate. A volte pensavo che mi odiasse. Oh, se lei sapesse che tormenti. L'inferno. Capii che si era stancato di me, ma non volevo lasciarlo andare. Una pena, una pena. Lo amavo. Gli avevo dato tutto. Era la mia vita. E poi sentii dire che viveva con una cinese. Non ci credevo, non volevo crederci. Alla fine l'ho vista, l'ho vista con i miei occhi, mentre andava a spasso, con i suoi braccialetti d'oro e le sue collane, una cinese vecchia, grassa. Più vecchia di me. Orribile. Nel villaggio sapevano tutti che era la sua amante. E quando le sono passata vicino mi ha guardata, e ho capito che sapeva di me e Geoff. L'ho mandato a chiamare, gli ho scritto che dovevo vederlo. Scrivere quella lettera, lei l'ha letta, è stata una pazzia. Non sapevo quello che facevo, non m'importava. Non lo vedevo da dieci giorni, una vita. L'ultima volta che ci eravamo visti mi aveva presa tra le braccia e baciata, dicendo di non preoccuparmi. E dalle mie era passato alle braccia di quell'altra».

Aveva parlato a voce bassa, con veemenza. Si interruppe e si torse le mani.

«Quella maledetta lettera. Eravamo sempre stati così cauti. Stracciava sempre ogni messaggio che gli mandavo appena l'aveva letto. Come immaginare che questo l'avrebbe conservato? È venuto, e gli ho detto che sapevo della cinese. Ha negato, erano solo pettegolezzi. Ero fuori di me. Non so cosa mi sia uscito di bocca. Oh, come l'ho odiato. L'ho fatto a pezzi, ho detto tutto quello che poteva ferirlo, l'ho ingiuriato. Gli avrei sputato in faccia. E alla fine mi ha dato addosso lui. Ha detto che di me era arcistufo e non voleva più vedermi, che lo annoiavo a morte. Che della cinese era vero, la conosceva da anni, da prima della guerra, ed era la sola donna che per lui contasse, le altre erano solo un passatempo. Era contento che lo sapessi, adesso finalmente l'avrei lasciato in pace. Poi non so cosa avvenne, ero fuori di me, vedevo rosso. Ho preso il revolver e ho sparato. Lui ha dato un grido, l'avevo colpito. È arrivato barcollando alla veranda. Gli sono corsa dietro e ho sparato di nuovo. È caduto, gli sono andata sopra e ho sparato finché il tamburo ha girato a vuoto e ho capito che non c'erano più cartucce».

Si arrestò, ansimando. La sua faccia, contorta dalla crudeltà, dalla rabbia, dalla sofferenza, non era più umana. Mr Joyce non avrebbe mai immaginato che una donna così tranquilla e raffinata fosse capace di tanta diabolica passione. Diede un passo indietro, atterrito da quella maschera repellente. Poi da un'altra stanza venne una voce squillante, ilare, affettuosa. Era sua moglie.

«Leslie, tesoro, la tua camera è pronta. Vieni, devi cascare dal sonno».

I lineamenti di Mrs Crosbie poco per volta si ricomposero; le tracce così marcate delle sue passioni si spianarono come con la mano si spiana una carta sgualcita, e il viso tornò a essere limpido, sereno e disteso. Era, di nuovo, la signora beneducata e distinta.

«Vengo, Dorothy cara. Mi duole darti tanto disturbo».

Stampato nell'ottobre 2008
da Techno Media Reference s.r.l. - Cusano (MI)

Biblioteca minima

VOLUMI PUBBLICATI:

1. Friedrich Nietzsche, *Il nichilismo europeo*
2. Alan Bennett, *Scritto sul corpo*
3. *L'elisir del furto secondo il dharma*
4. W.G. Sebald, *Il passeggiatore solitario*
5. William Langewiesche, *La virata*
6. Irène Némirovsky, *La moglie di don Giovanni* (4ª ediz.)
7. Benedetta Craveri, *Maria Antonietta e lo scandalo della collana* (4ª ediz.)
8. Muriel Spark, *La vera Miss Brodie*
9. Wisława Szymborska, *Due punti* (4ª ediz.)
10. Elizabeth Bishop, *Il mare e la sua sponda*
11. Charles Willeford, *La macchina in Corsia Undici*
12. Federico García Lorca, *Gioco e teoria del duende*
13. François-René de Chateaubriand, *Amore e vecchiaia*
14. Massimo Cacciari, *Tre icone* (3ª ediz.)
15. Rodolfo Sonego, *Diario australiano*
16. Carlo Emilio Gadda, *Villa in Brianza*
17. Giacomo Leopardi, *Memorie del primo amore*
18. William Langewiesche, *Regole di ingaggio*
19. Pierre Mac Orlan, *Piccolo manuale del perfetto avventuriero*
20. Rosa Luxemburg, *Un po' di compassione* (2ª ediz.)
21. Jean Echenoz, *Il mio editore*
22. Alan Bennett, *Una visita guidata* (2ª ediz.)
23. Stefan Zweig, *Mendel dei libri* (2ª ediz.)
24. Lawrence Osborne, *Shangri-La*
25. Georges Simenon, *La pazza di Itteville*
26. Francesco Petrarca, *Gabbiani*
27. Carl Schmitt, *La tirannia dei valori*
28. W. Somerset Maugham, *La lettera*
29. Alberto Arbasino, *La vita bassa*
30. H.G. Wells, *Nel Paese dei Ciechi*